Anna Seghers

Die Toten auf der Insel Djal
Sagen von Unirdischen

Anna Seghers

Die Toten auf der Insel Djal

Sagen von Unirdischen

Aufbau-Verlag
1991

Illustrationen
Stephan Köhler

ISBN 3-351-00450-8

Vor mir waren zwei Linien: über das zu schreiben, was mich heute bewegt, oder den Farbenreichtum einer Phantasieerfindung wiederzugeben. Ich wünschte das eine und das andere zu vereinen, aber ich wußte nicht wie.

1953

»Was ist Wirklichkeit?« Nicht nur, was man greifen und schmecken kann, auch Phantasie und Träume gehören zur Wirklichkeit. Unser heutiges, wirkliches, greifbares Leben wurde einmal erahnt. Das war damals für trockene, ja feindselige Menschen eine Traumwelt. Ich meine, daß Träume ein Bestandteil der Wirklichkeit sein können. Richtig gebraucht, erweitern sie die Literatur, die sozialistische Literatur.

1973

Die Toten auf der Insel Djal

Eine Sage
aus dem Holländischen,
nacherzählt
von Antje Seghers

1924

DIE Toten auf dem Friedhof von Djal sind ein sonderbares Volk. Manchmal zuckt es in ihren Gebeinen so heftig, daß die hölzernen Kreuze und Grabsteine zu hüpfen anfangen. Besonders im Frühjahr und Herbst, wenn das Pfeifen und Heulen in der Luft losgeht, können sie gar nicht mehr an sich halten. Das kommt daher, daß es lauter Seeleute waren, die auf allen Wassern herumfuhren, bis sie an den Klippen von Djal scheiterten. Und nun still liegen und zuhören, wie hinter der Kirchhofsmauer das Meer dröhnt und zischt, das ist selbst für einen Toten zu viel.

Manchmal, wenn sie sich gar nicht beruhigen wollten, ging der Pfarrer von Djal an der Spitze seiner Gemeinde um den Friedhof singend herum und ließ so in Regen und Wind einen Kreis von Psalmen – denn Weihwasser und heilige Mittel verachtet sein reformiertes Herz – beruhigend rund um die unruhige Stätte legen. Zuweilen schritt er auch selbst zwischen den Gräbern hindurch, und wenn es dann rechts und links von ihm zuckte, stampfte er auf den Boden und brüllte: »Ruhe da drunten.« Und die Leiber kuschten sich vor seiner Stimme.

Ein sonderbarer Kerl, dieser Pfarrer. Er hätte der Leibhaftige sein können, wenn er nicht gerade der Pfarrer von Djal gewesen wäre. Seine Seele mußte ganz zerwühlt und durchlöchert sein von all den Beichten, die er schon angehört hatte. Den furchtbaren, schäumenden, nach Leben und Tod riechenden Beichten der krepierenden Schiffer von fünf Kontinenten. Das Haus, in dem er wohnte, glich, geklebt an eine Klippe, mehr einer Fischerhütte als einer

Pfarre. Jetzt war er bald fünfzig Jahre alt, seine Augen glühten, seine Lippen waren aufgeworfen, sein Schädel wuchs noch von Jahr zu Jahr, und sein Talar roch nach Salzwasser. So einer brauchte keine Kinder und Geschwister, kein Weib und keine Liebschaft. Für so einen gab es auf Djal wildere, großartigere Wollust, brausendere Leidenschaften. Wenn das Wasser kochte und der Sturm einen Hagelschauer scheiternder Schiffe gegen das Ufer trieb und die Felsen von Djal zerfetzte wie ein Seidengewebe, dann ruderte der Pfarrer sich selbst über die Bucht voll Gischtwirbel, um einem Sterbenden drüben auf der anderen Seite sein letztes Wort mitzugeben.

Aber seine besondere Leidenschaft galt den Toten. War draußen an der Landbank oder zwischen den westlichen Riffen ein Schiff aufgelaufen und mit Mann und Maus, wie man sagt, untergegangen, so ruderte der Pfarrer – noch hatte sich der Wind nicht gelegt, noch hatten die Wellen die böslistige Zickzackbrandung der Springflut – mit seinen Leuten an das Wrack heran, um soviel Leichen wie möglich zu bergen.

In einer irrsinnigen Nacht war der holländische Schoner »Daniel Averkamp« im Angesicht der Insel gescheitert. Als die Fischer am nächsten Tage mit ihrem Pfarrer ihre Schuldigkeit getan hatten und schon auf dem Heimweg waren, entdeckten sie in einer Felsgrube, wo das Wasser ein bißchen seichter und stiller stand, an seiner langen silbernen Halskette hängengeblieben, einen mageren Toten, und der Pfarrer versteifte sich darauf, eben diesen noch mitzunehmen.

Aber der dürre lange Tote war Morten Sise, der Kapitän selber, und da er zeit seines Lebens ein sonderbarer Kauz gewesen war, wollte er auch jetzt im Meere bleiben,

wo es ihm immer am besten gefallen hatte, und wie sehr man auch mit Stangen und Widerhaken an ihm zerrte, er gab nicht nach. Da das Bootchen, mit jeder Welle hochgehoben, gegen die Steine krachte, fingen die Schiffer zu brummen an. Der Pfarrer aber war der Ansicht, daß ein Christ, auch wenn er tot ist, nicht mit Fisch und allerhand Aas zwischen Algen und Korallen herumlungern darf, sondern unter die Erde gehört und ein Kreuz obendrauf, und er machte noch im letzten Augenblick eine Erfindung, eine Art Drahtschlinge, mit deren Hilfe der Kapitän schließlich ins Boot gezogen wurde. Und kurz darauf hat er schon einen Stein mit Inschrift wie auf dem Kirchhof von Dordrecht.

Es zeigte sich aber bald, daß der neue Bewohner von Djal eine ungebärdige Seele war. Eines Abends kam der Totengräber, der seine Hütte in einer Friedhofsecke hatte, in Schweiß gebadet in die Pfarre gelaufen und erzählte, daß der Kapitän seinen Grabstein umgeworfen und schon eine Hand herausgestreckt habe. Der Pfarrer stand wortlos auf, begab sich auf den nächtlichen Friedhof, rückte den betreffenden Stein an die richtige Stelle und setzte sich mit seinem ganzen Gewicht obendrauf wie auf den Deckel einer Truhe oder eines Koffers und wartete so den Morgen ab. Von nun an gab der Kapitän Ruhe.

Im Sommer – die Wellen tänzelten nur so ein wenig die blanken Felsen hinauf und die Sonne blies gelbe Ringelchen hinein – saß der Pfarrer, eine aufgeschlagene Bibel vor sich, in seiner Kammer. »Und es ging ein Brief an die Gemeinde von Laodicea ...«, sagte er zum dritten Mal laut vor sich hin und schlug auf den Tisch; denn aus irgendeinem Grund schien ihm diese Stelle besonders wohlklingend und eine

Zierde des Neuen Testamentes zu sein, wenngleich das Alte den Dursaiten seines Herzens besser anstand.

Da wurde er von einem Geräusch unterbrochen, vielleicht hatte er zu fest auf den Tisch geschlagen und die Bretter an den Wänden bebten mit.

»Wer ist da?« rief er, zunächst ohne sich umzudrehen; aber ein Luftzug im Rücken ließ ihn dann doch den Kopf wenden.

Wirklich, die Tür war geöffnet worden. Ohne daß er Schritte und Klopfen gehört hatte, war ein Fremder eingetreten, ein großer dünner Mensch in blauer Jacke mit blanken Knöpfen und einer Kette um den Hals. Abgesehen von den Knöpfen und der Kette hatte das Ganze ein schäbiges, ein heruntergekommenes, verflecktes Aussehen.

»Setzt Euch«, sagte der Pfarrer, »was wollt Ihr?«

Der Fremde nahm zögernd mit mürrischer Miene Platz. »Ich bin vorhin hier gelandet«, fing er an.

»Wirklich?« sagte der Pfarrer, »ich habe gar kein Schiff kommen sehen.«

»Ich habe gehört«, fuhr der andere fort, »daß mein Vetter Morten Sise im vorigen Jahre hier gescheitert und von Euch auf christliche Weise bestattet worden ist. Ich wollte Euch bitten, mich an sein Grab zu führen.«

»Also nur um eines Grabes willen seid Ihr gelandet!« rief der Pfarrer, »das gefällt mir!« Und er stutzte, denn sein Gast schien irgendeine Krankheit zu haben, weil seine dürren Gelenke heftig bebten.

Der Pfarrer stand auf, und wie er mit der Branntweinflasche wiederkam, blätterte der Fremde in der Bibel, indem er auf eine besondere ungläubige Art mit den Spitzen von Daumen und Zeigefinger die Blätter herumschnickte.

»Ich kann nicht begreifen«, sagte er

höhnisch, »wie ein vernünftiger Mensch an solchem Gefallen finden kann. Wenn man sich hierauf verlassen würde, könnte man glauben, daß die Menschen auf der Welt sind, um innen und außen die wunderbarsten Sachen zu erleben, die aber alle erst ein Vorspiel zu dem Großartigen sind, was am Schluß kommt. Und wie ist's in der Wirklichkeit? Sie fahren ein bißchen auf dem Wasser herum, krepieren irgendwo und liegen den Rest der Ewigkeit mit hohlem Magen in der schmutzigen Erde.«

Der Pfarrer wurde nicht wild, sondern bekam ein Lächeln in die Augenwinkel. »Ich finde, daß es ein prächtiges Buch ist. Ich weiß es von A bis Z auswendig und hätte ich noch mal zu leben, würde ich's nochmals auswendig lernen. Es ist darin von allen die Rede, von Dummen und Klugen, Starken und Schwachen, Harten und Weichen, Seeleuten und geistlichen Herren. Und was die wunderbaren Sachen anbelangt, so erlebt jeder genau so viel, als er vertragen kann.«

Der Fremde wußte nichts Besonderes zu sagen und wurde giftig. »Für was braucht ein Pfarrer Branntwein?« fragte er.

»Für mich nicht«, lachte der, »aber für meine Beichtkinder. Das löst ihnen besser die Zunge.« Und der andere trank fast in einem Zuge leer, sein Frösteln ließ nach, er rekelte sich herum und sprang plötzlich auf. »Jetzt wollen wir auf den *Friedhof*!«

Es war schon dunkel geworden, und der Pfarrer fragte: »Hat es nicht bis morgen früh Zeit?« Aber der Fremde versteifte sich darauf, gleich zu gehen. So kamen sie über die Dünen, der gedrungene Pfarrer und der lange, nach vorn gebeugte Fremde, in der stillen Nacht, in dem dünn-schläfrigen Rauschen der Brandung. Es war ein gehöriges Stück Weg, und beide schwiegen.

Auf einmal sagte der Pfarrer: »Mein Lieber, ich fühle es ganz genau, Ihr stellt

Euch nur so, als ob Ihr lebendig wärt, in Wirklichkeit seid Ihr ein *Toter.*«

»Was für ein Unsinn!« brummte der andere, und sie gingen schweigend weiter. Als sie durch die Kirchhofstür geschritten waren – tief war die Stille und Grillen hockten im grünen Gras –, läutete man vom Lotsenturm die zwölfte Stunde an.

Da blieb der Fremde breitbeinig stehen, grinste und sprach: »Nun, Pfarrer, seid Ihr in meiner Gewalt, nun müßt Ihr an meiner Stelle ins leere Grab. Ich bin es selbst, Morten Sise, der Kapitän.«

Da brach der Pfarrer in ein Gelächter aus und rief: »Eine großartige Rache habt Ihr Euch ausgedacht, wartet, ich komme schon. Aber erst will ich Euch etwas zeigen.«

Und da sie gerade an einer ganz verwahrlosten Stelle vorüberkamen, stieß er mit dem Fuß aus Dickicht und Unkraut einen Steinbrocken heraus und sagte:

»Könnt Ihr lesen? Ja? Da lest einmal!« Und der Kapitän bückte sich über den Stein und stotterte:

Hier ruht
Jan Seghers
gestorben auf Djal
im Jahre des Herrn 1625
im kalomistischen Glauben
in dem er lebte und geboren wurde
zu Altmark
1548

Dann packte der Pfarrer den Kapitän an seiner Halskette und zog ihn sacht und gelassen neben sich her wie einen Hammel, wobei er auf ihn einredete: »So ein gewöhnlicher Christ, wie Ihr seid, Kapitän, gehört nämlich nach seinem Tod in Geduld unter die Erde, bis es unserem Herrn beliebt, zur Auferstehung zu blasen. Was aber mich anbelangt, so begnügte ich mich nicht damit, eine Hand herauszustrecken, einen Grabstein umzuwerfen oder einen Pfarrer zu erschrecken, sondern ich setzte Gott mit so wilden und zornigen Gebeten so lange zu, bis er mich auf die Fürbitte seiner sieben Engel noch einmal in meiner alten Gestalt ins Leben lassen *mußte.* Ihr müßt nämlich wissen, Kapitän – – – ich selber bin ein Toter!«

Sagen von Unirdischen

1970

I

DAS Schwerste lag hinter ihm. Er glaubte wenigstens, er hätte das Schwerste überstanden. Das glaubt man am Anfang. In Wirklichkeit hat man nur die erste Schwierigkeit überstanden, einen schwachen Vorgeschmack von dem, was unbedingt nachkommen wird.

Er atmete auf. Er war genau am geplanten Ort gelandet, innerhalb der Stadtmauer. Er beherrschte die Geräte, die seinem Anzug eingefügt waren, wie er seine zehn Finger beherrschte. – Mit einer Bewegung würde er seine Freunde erreicht haben, und sie würden ihm antworten und, wenn es nötig war, ihm zu Hilfe kommen.

Er fühlte nicht die geringste Bangnis, überzeugt, wie er war, daß alles glückte.

Seine Freunde hatten vor dem Abschied gesagt: »Wenn es glückt, wirst du der erste gewesen sein. Und wenn es nicht glückt, werden wir wissen, was schiefging, und ausführen können, was dir mißglückt ist. Das versprechen wir dir.« –

Die Freunde hatten solche Worte für einen Ansporn gehalten. Es war auch ein Ansporn. Obwohl er selbst dann freilich den nächsten, den geglückten Versuch nicht mehr erleben könnte. Doch daß es möglich war, nicht mehr zu leben, nichts mehr zu erleben, hatte er nicht in Betracht gezogen in seinem Vorgefühl von Triumph.

Er ging frei und furchtlos, als bräuchte er keine Schutzmaßnahmen, keine Verbindung mit den Freunden. Er ging ein Stück das Ufer entlang und dann bergauf. Das Tal lag von Hügeln umgeben wie ein Nest, ein einzelner ziemlich steiler Hügel erhob sich in seiner Mitte. Um ihn herum lag die kleine Stadt. Ein Flüßchen schlängelte sich durch die Stadtmauer hinein und wieder heraus, bevor es endgültig in die Ebene strömte.

Der Wächter, aus seinem Turm, konnte tief in die Ebene hineinsehen, er konnte sowohl die Landstraße überblicken wie den Weg, der sich abgezweigt hatte und über die Zugbrücke ins Städtchen führte. Der Wächter durfte die Brücke nach eignem Ermessen herablassen oder hochziehen. Denn der Burgherr hatte ihn ausdrücklich mit Vollmachten ausgestattet. Es waren unruhige Zeiten.

Daß jemand gelandet war, hatte der Wächter nicht gemerkt. Warum hätte er die kahle Böschung innerhalb der Mauer beobachten sollen? Die Schafherde hatte sie letzte Woche abgefressen. Die Bürgerschaft hatte nach langen Gesuchen und mit hohen Gebühren vom Burgherrn die Erlaubnis bekommen, ihre Schafe auf den

Wiesen außerhalb der Mauer weiden zu lassen.

Der Ankömmling stieg den Abhang hinauf. Er hörte ein ganz schwaches Rauschen. Er zögerte. Er spürte einen ihm unbekannten, erquickenden Geruch. Wie grün war es auf einmal dicht vor ihm geworden! Und all das Grün schlug ihm in Wellen entgegen.

Er wich zurück, um seine Knie legten sich bereits hellgrüne Wellen. Und mittelgroße, dunkelgrüne, manchmal mit weißem Schaum gekrönte würden sich gleich um seine Schultern legen. Es hatte keinen Sinn, sich zu ducken. Die erste große grüne Welle würde ihn gleich überspülen. Er war so überrascht, daß er nicht einmal Furcht empfand. Die Wellen wogten immer hinauf und herunter. Sie brachen aber nicht über ihm zusammen, das Grün floß nicht ab. Alles war festgewachsen. Es war ein anderer Wald als der, den er kannte.

Aber Wald war es. Daheim waren die Stämme sehr hoch, ohne Äste, in den Kronen gab es Büschel saftiger Früchte. Hier kannte er auch die Sträucher nicht, das Unterholz und diese dünnen Gräser, die immerfort zitterten, und auch diese gelben und weißen und blauen Blumen kannte er nicht, die sanft aus den Graswellen blickten mit einzelnen ernsten Augen, er kannte nicht die schaumartigen Blüten in den Büschen. Wie er nun tiefer hinein in den Wald ging, der so stark roch und rauschte, sah er im Laub ein helles Geglitzer, und er legte den Kopf zurück, und er sah Stücke Himmelsblau, und er fand, daß all das Geglitzer von der einzigen Sonne kam, die sie hier besaßen. Aus dem Wald heraustretend, sah er die Sonne selbst über dem Tal. Da verwandelte sich sein Staunen in mächtige Freude.

Es war nicht der Gipfel des Hügels, wie er zuerst geglaubt hatte, der in die graublaue Luft stach, es war eine Art Bauwerk, aus dem Gipfel herausgeschmiedet, mit gezackten Mauern und mehreren Türmen. Um Himmel und Erde zu beobachten, nahm er an.

Auf einmal stieg aus der Stadt ein Zug ihrer Bewohner gegen den Wald ihm entgegen. Er würde gleich wissen, wie sie waren. Sie kamen in Gruppen und einzeln. Er hockte sich ins Gebüsch, er sah sich die Lebewesen an, wie sie nun langsam die in den Abhang gemauerte Treppe erstiegen. Ihre Kleidung war lang und schwer. Ihre Körper dünkten ihm schmächtig. Sie glichen ihm aber, soviel er wahrnehmen konnte, in mancher Hinsicht. Sie kamen ihm nur sehr schwächlich vor. Vielleicht krank, durch irgend etwas bedrückt im Zuschreiten, vielleicht durch ihre Kleidung, vielleicht durch leibliche Schwäche. Sie waren nicht winzig und auch nicht gewaltig groß. An ihrem Körperbau und an ihrer Gangart war nichts Fremdes, nur eben das Schwächliche, Lebenbehindernde, Blasse. Es würde für ihn jedenfalls leichter sein, daß sie so waren, wie sie waren.

In der Nähe begann ein Dröhnen, halb dumpf, halb hell, ein Doppelton, von dem ein Teil den anderen anspornte. Er wiederholte sich ständig und machte alles Lebendige, auch ihn selbst, erbeben. Er entdeckte jetzt eine rötliche Steinmasse zwischen den Bäumen. Straße und Treppe waren bald leer. Es wurde so still, als sei das Tal plötzlich unbewohnt.

Er war schon beinah gewöhnt an seinen Aufenthaltsort. Er nahm sich vor, keine Begegnung zu suchen und keine zu meiden. Er gab seinen Freunden Nachricht: Die Landung sei glücklich vollzogen. Noch vor Minuten war ihm die erste Sendung außerordentlich wichtig erschienen, wie eine Bürgschaft für eine Verbindung, die nie abriß. Jetzt war das Verbindunghalten nur eine Pflicht, gebannt, wie er war, von allem, was er hier sah und hörte. Die Doppeltöne, beklemmend und fordernd zugleich, hatten wieder begonnen.

Aus dem rötlichen Bauwerk kam ein Tönen, das ihn in Erregung versetzte, wie vorhin das Rauschen. Es war aber nicht vom Wald erzeugt, es machte ihn auch nicht bang. Es wühlte ihn auf, es gab ihm ein starkes Gefühl von Hoffnung, als sei ihm abermals seine Landung geglückt. Auf einmal war es beendet, wieder setzte der Doppelton ein, halb tröstend, halb fordernd.

Er hatte es jetzt gewagt, seinen Kopf aus den Büschen zu stecken, und er sah sich das ganze Gebäude an. Es kam ihm mächtig vor, mit den winzigen Häuschen verglichen. Und wie sich nun aus dem Tor die Bewohner der Stadt wieder herausdrängten, so mager, so schwächlich, mit spitzigen Hüten, fragte er sich, wozu ihnen solch ein Bauwerk diene.

So schnell, daß er sich nicht mehr verbergen konnte, kam jemand in kleinen Sprüngen bergab. Er stellte sich breit hin.

Sie wären beinahe zusammengeprallt. Es war ein Mädchen. Um seinen Kopf war ein weißes Tuch straff gebunden. Sie mußte den Kopf tief zurücklegen, um ihm ins Gesicht zu blicken.

Er hatte noch nie solche Augen gesehen, so durchsichtige, so bodenlose. Er hatte noch nie auf einem Gesicht solchen Schimmer gesehen. Das Mädchen wollte ihm etwas sagen, bewegte aber zuerst nur die Lippen. Mit einem Finger berührte es seinen Ärmel. Doch wie es den glasglatten, härtlichen Stoff anfühlte, zog es die Hand wie verbrannt zurück. Ihm wurde klar, daß der Schimmer auf dem Gesicht des Mädchens sein eigner Widerschein war. Es zuckte noch etwas um ihren Mund, bis sie sich zusammengenommen hatte und ihn anredete: »Ich hab genau gewußt, daß du kommst! Wie schnell du bei uns warst! Ich hab's gesehen, mit meinen eignen Augen, wie du vom Himmel gekommen bist.«

Er sagte höchst erstaunt: »Du? Mich?«

»Ja«, sagte das Mädchen, »nicht einmal mein Vater hat mir geglaubt, obwohl er doch wartet, wartet, wartet. So stark wie ich, noch stärker. Seine Frau, meine Stiefmutter, die hat freilich gesagt, was ich da gesehen hätte, sei bloß eine Sternschnuppe.«

»Sah es von hieraus so aus?«

»Ach nein. Nicht für mich. Flügel sind Flügel.«

Er strich ihr jetzt mit der Hand über den Kopf, der sich warm wie ein Vogel anfühlte. »Wie heißt du denn, Mädchen?«

»Marie.«

»Wer, glaubst du denn, bin ich?«

»Einer der Sieben, die vor dem Herrn stehen. Bist du vielleicht Michael?«

»Nenn mich, wie du willst, nenn mich Michael. – Wer sind die Sieben? Wer ist der Herr?«

»Mir machst du nichts vor«, sagte das Mädchen mit einem pfiffigen Lächeln. Es war immer noch bleich. Es zitterte immer noch. »Ich weiß, du kommst von dort oben; ich weiß, du kommst von Ihm.«

Er sagte: »Auf keinen Fall darfst du jemand in dieser Stadt verraten, daß ich gekommen bin.«

»Nein«, sagte das Mädchen, »nur meinem Vater. Ihm ja. Weil er so furchtbar gewartet hat. Es wäre ein Unrecht, ihm nicht zu sagen, daß du wirklich gekommen bist. Er hat es so schwer mit seinem Warten. Er wird oft ausgelacht. – Komm, ich zeige dir einen Ort, wo du ruhig liegen kannst, bis ich dich zu ihm bringe.«

Sie ging vor ihm her durch den Wald,

hügelauf, hügelab. Sie erklärte: »Hier ist unser Stall. Er ist unbenutzt. Die Schafe sind auf der Sommerweide. Ich bringe dir schnell meines Vaters Mantel. Ich bringe dich dann zu ihm in die Werkstatt. Mein Vater arbeitet Tag und Nacht. Darf ich?«

Er erwiderte: »Gewiß.«

So war denn nicht nur die Landung geglückt, auch die Verbindung mit Lebewesen. Von selbst hatte sich alles gefügt. Wie leicht war alles vor sich gegangen! Das Mädchen erschien ihm so vertraut, als hätte er gar nicht die erste Begegnung erlebt. Und er, das erstaunte ihn noch mehr, war dem Mädchen gar nicht erschreckend vorgekommen, vielmehr wie ein erwarteter Besuch. Als sei sie gefaßt auf Sternengäste. Wie gut sie einander verstanden! Er hatte sich nicht umsonst jedes Wort, jeden Laut der Sprache, die man hier sprach, eingeprägt. Man würde ihn vielleicht für einen

Reisenden halten, der aus einem fremden Land kam, nach einem weiten Weg.

Er schickte die Nachricht ab: »Alles geht gut. Ich bleibe.« – Sofort kam Antwort: »Wir warten an unserem vereinbarten Treffpunkt.«

Er ging aus dem leeren Stall ins Freie. Er sah ohne Heimweh hinauf zu dem ausgestirnten Himmel. Sogar mit Erleichterung, weil er jetzt hier war. Als er das Pünktchen, das er suchte, gefunden hatte, zog er den Blick vom Himmel ab und sah auf die Ebene hinunter. Sie dehnte sich hinter der Stadtmauer bis zu einer entfernten Hügelkette. Er fand auch die Schafherde, eingepflockt, von der das Mädchen gesprochen hatte.

Michael erkannte schon seine Schritte. Es zitterte wieder vor Freude bei seinem Anblick. Es brachte seines Vaters Mantel. Der reichte ihm, wie ein Umhang, bis zu den Hüften. Das Mädchen lief um ihn herum, wie ein Kätzchen so schmiegsam, sah an ihm herauf und herunter und sagte: »Jetzt siehst du fast aus wie ein Ritter, nur herrlicher.«

Sie gingen hinaus. Ein Mondschatten schluckte den Schatten des Mädchens. Wenn er bei Tag das Licht der Sonne angestaunt hatte, das alles, was lebte, anspornte, war er jetzt von dem Licht des einzelnen Mondes benommen. Silbrig war alles. Er sah von nahem das ganze Bauwerk mit dem Turm, aus dem vor wenigen Stunden die Doppeltöne geklungen waren.

Er sagte: »Marie, da oben, das ist mein eigner Stern.«

Ihr Mund zuckte, bevor sie herausbrachte: »Ich habe geglaubt, du kämst vom Siebengestirn.«

»Warum?«

»Weil ihr sieben seid. Und jeder hat seinen eignen Stern.«

»Sieben? Warum? Wir sind diesmal dreiundzwanzig.«

Das Mädchen, bestürzt, machte mit seiner Hand ein ihm unbegreifliches Zeichen. Es sagte: »So viele sind mit dir gekommen! Kannst du dir vorstellen, daß mein Vater mir auch diesmal nicht geglaubt hat? Er hat ganz trocken gesagt: ›Bring deinen Fremden, wenn er mich sprechen will, vor Tag in die Werkstatt.‹«

Sie gingen um das große Bauwerk herum. Wer wohnte hinter dem Tor, durch das vorhin die vielen gezogen waren? Man hätte sie samt ihrer Stadt hineinschieben können. Was war das, was sich zu regen schien in den Rillen des Torbogens? Er konnte es in der flimmrigen Mondhelligkeit nicht unterscheiden. –

Das Mädchen führte ihn eine Mauer entlang zu einer seitlichen Tür in einem niedrigen Holzhaus. Man sah Licht durch die Ritzen. Man hörte Geräusche von Hobeln und Hämmern. Er mußte sich bükken, um hinter ihm einzutreten. Es sagte mit heller, vor Erregung zerspringender Stimme: »Hier ist er.«

Ein kleiner Mann drehte sich von der Werkbank um. Sein Kittel und sein Bart waren staubig. Er sah den Ankömmling mit dunklen, gründlichen Augen an, ohne Staunen, ohne Mißtrauen, nur angestrengt prüfend. Er sagte ruhig: »Ich bin Matthias, der Meister. Meine Tochter hat mir von Euch erzählt. Sie sagt, Ihr kämet von weit her. Euer Name sei Michael.« – Er setzte mit einem schmerzlichen Lächeln hinzu: »Es schien dem Kind, Ihr kämet vom Himmel.«

Sein Gesicht war so kränklich und bekümmert, wie sich der Ankömmling die Bewohner vorgestellt hatte. Der Meister ging mühselig, etwas hinkend. Er brachte Wein, und er goß ihn ein und sagte: »Willkommen also, Michael!« Und er trank seinem Gast zu, und dieser versuchte, langsam kostend, den ersten Schluck seit seiner Landung. Er gab dem Meister zur Antwort: »Deine Tochter hat recht. Ich bin von weit her gekommen. Auch du hast noch nie ein Lebewesen gesehen, das von so weit her kam. Ja. Sie hat recht. Von einem anderen Stern.«

Der bärtige Mann hörte ihn mit gesenkten Augen an. Er schwieg nachdenklich. Er war an eigentümliche Gäste gewöhnt, aus fremden Ländern. Mit seltsamer Sprache. Es kamen Lehrer und Schüler, von seinem Ruf angelockt. Besonders aber von seinem letzten Werk, dem Altar mit dem Abendmahl. Ein heftiger Streit war bereits um dieses Werk entbrannt. Denn der Glaube, zu dem er sich bekannte, sprach deutlich daraus wie aus einer Predigt.

Viele entschlossene Männer waren bereit, sich um ihn zusammenzuschließen.

Für ihren gemeinsamen Glauben und für ihr Recht. Sie fühlten, in seinem Werk war ihr Glaube ausgedrückt. – Man hatte ihm längst Besuch angemeldet. Wahrscheinlich diesen stolzen und hohen Gast, der da vor ihm stand. Seine Sprache klang sonderbar. Er gebrauchte höchst sonderbare Worte. Er war ohne Zweifel gelehrt. Es wimmelte meistens in der Sprache dieser Gelehrten und Scholasten von Ausdrücken und von Gleichnissen, die gewöhnliche Menschen erst verstanden, wenn sie lange darüber nachgedacht hatten oder in ihre geheime Bedeutung eingeweiht waren. Vorsicht war nötig mit diesem Burgherrn über dem Tal. Mit all den Bundesgenossen des Burgherrn in der Stadt und den nahen Burgen. Ein Zeichen von seinem Turm, und es lief von Dorf zu Dorf, zu anderen Burgen. Von einem seiner Verbündeten zum anderen. Die würden dann ihre bewaffneten Leute schicken.

Matthias erklärte dem Gast die Gefahr. Der horchte angestrengt. Die einzelnen Worte verstand er, den Sinn erfaßte er nicht. Dann sagte er, mühsam nach Worten suchend in einer Sprache, die dem Meister verzwickt und verschlüsselt dünkte: »Vor mehr als tausend Jahren, nach Eurer Sonne gerechnet, landete unsere erste Gruppe. Sie ist bereits in wilde Kriege geraten. Als später andre Gruppen landeten, brannten wiederum viele Städte. Auf Grund der Nachrichten glaubten wir, es wären Kriege zwischen Nomaden und Ackerbauern. Die seßhaften Ackerbauern müssen gesiegt haben und ihre Städte neu aufgebaut –« Matthias dachte: Er spricht wahrscheinlich vom Einfall der Hunnen. Was für ein Mischmasch von scholastischem Kauderwelsch und verständlichen Nachrichten. –

Der Gast fuhr fort: »Wir haben geforscht, wir wissen, daß es bei Euch immer noch Kriege gibt. Doch Wissen und Miterleben sind zweierlei.«

Der Meister stimmte ihm zu: »Gewiß. Etwas völlig anderes. Wir glaubten, wir wüßten genau, was geschieht, wenn aus der Bibel in unserer Sprache gelesen wird von den Kanzeln und in den Häusern. Wir sagten uns, jetzt ist es aus mit den Burgherrn, Gottes Reich hat begonnen. Wir sagten uns, Gottes Wort ist unwiderlegbar. Doch was erleben wir? Es wird widerlegt.

Als der Herr, dem die Burg und das Stadtgebiet gehören und Feld und Wald außerhalb dieser Stadtmauer, zu begreifen begann, daß Gottes Wort auch gegen ihn selbst gerichtet ist, geriet er in äußerste Wut. Zwar, unser Priester ist tapfer. Er bleibt Gott treu. Er verfälscht das Wort nicht. Wird man ihn einsperren? Wenn das Heer der Burgherrn hier einrückt, kann es uns alle erschlagen. Wenn Gott uns nicht hilft.«

Der Gast verbarg sein Unverständnis. Leichter verstand dieser Meister Michaels Worte, oder glaubte wenigstens sie zu verstehen, als Michael die Worte des Meisters Matthias.

Michael fragte zurückhaltend: »Warum fürchtest du dich vor der Übermacht? Wenn du sicher bist, daß dein höchster Herr, der stärker als alle ist, dich nie verlassen wird?«

Matthias erwiderte lebhaft: »Ich will mit dir offen sprechen. Du hast selbst gesagt: Wissen ist etwas anderes als Miterleben. Ich weiß, Gott wird mich nie verlassen. Doch wenn ich es miterlebe, kann es anders aussehen, als ich armseliges Menschenkind mir eingebildet habe. – Heute, so nah der Prüfung – vielleicht ist bereits gegen uns ein Heer gerüstet –, ahne ich, was es bedeutet: Er wird mich nie verlassen. Wenn ich wahrhaftig an Ihn glaube, bleibt Er bis zur letzten Minute in meinen

Gedanken. Unter der Folter und im Sterben. Er verläßt mich nicht, das bedeutet auch, ich verlasse Ihn nicht. Verstehst du mich?«

Beide hatten das Mädchen vergessen. Über sein Gesicht ging bald ein Schimmer Hoffnung, bald ein Schatten Enttäuschung. Ob der Vater ihr endlich glauben würde? Ein Engel des Herrn war Michael. Er hatte selbst gesagt: Ich komme von den Sternen.

Doch war noch immer ein Zweifel in der Stimme des Vaters. Es kannte niemand, der Gott so ergeben war wie der Vater. Er schnitt stets mit Stirnrunzeln das Geschwätz der Stiefmutter ab. Die war die Schwester der Frau, die bei Mariens Geburt gestorben war. Er lebte fast nur in dieser Werkstatt oder nebenan in dem großen Raum, in dem die fertigen Bildwerke aufgestellt und ausgefeilt wurden. Auch dort empfing er Studenten, Scholaren und

Abgesandte von außerhalb, die sich Rat holten, seitdem die Bibel deutsch gelesen wurde, und Boten der Bauernschaft und der Bürgerschaft. Die letzte Zeit war meistens von der Gefahr die Rede, die ihnen drohe, falls das Heer der Burgherren früher anrückte als das Bauernheer. Wovor sich der Vater immer noch fürchtete, verstand Marie nicht, denn Michael, der Engel, stand vor ihm.

Der Vater sagte: »Geh zur Mutter, Marie, sie soll eine Mahlzeit richten. Ein Gast sei gekommen.«

Michael folgte dem Meister. Er stutzte. Seine Augen hefteten sich auf den Vorhang, der die kleine Werkstatt von der großen trennte. Fassungslos starrte er auf den Teppich in sanften Farben, golddurchwirkt: Die Jagd nach dem Einhorn unter dem Thron der Jungfrau.

Der Meister Matthias erklärte: »Dreißig Mädchen haben drei Jahre lang das Bild gestickt. Es bedeutet, was der Apostel Paulus sprach: ›Wir müssen hinter dem Heil herjagen, wie auf der Rennbahn.‹«

Michael sagte bestürzt: »Dreißig Mädchen? Drei Jahre lang? Warum? Wozu?«

Er dachte: Die Worte verstehe ich. Dem Klang nach. Was sie bedeuten, verstehe ich nicht.

Er konnte die Augen von dem Vorhang nicht losreißen. Langsam entstand ihm darauf ein weißes Gesicht, fliegende Kleider, Blumen. Seine Augen brauchten viel Zeit, um aus dem Gewebe von Blau und Gold und Grün das Bild herauszuschälen. Dann war es da, aber es lebte nicht, ja doch, es lebte, aber es war nicht da. Nie hätte ihnen auf seinem Stern der Sinn nach solchem Gewebe gestanden. Nie hätten sie Zeit und Kraft für solche Gewebe übrig gehabt.

Er folgte dem Meister in die große Werkstatt. Hier mischte sich die Dämmerung mit dem rötlichen Holzstaub, der auch auf dem Kittel und auf dem Bart des Meisters lag. Marie hatte rasch zwei Kerzen vor dem Altarwerk aus Buchenholz angezündet, das hier auf Vollendung wartete. Der Meister sah stolz das erschütterte Gesicht seines Gastes. Michaels Augen leuchteten auf in ratlosem Glück. Da seufzte der Meister froh und vergaß in dem Augenblick, in dem sich in dem Gesicht des Gastes seine Schöpfung spiegelte, all die Leiden und auch die Angst dieser Tage.

Vorsichtig betastete Michael Johannes' Kopf, der auf der Brust des Herrn ruhte, die Kleiderfalten, die Stirn und den Mund, er berührte auch Judas' Hand, die nach dem Salzfaß griff. Er trat zurück. Er fragte: »Was ist das?«

Der Meister Matthias erwiderte: »Das Abendmahl ist mein letztes Werk. Ich schenke es der Johanniskirche.«

»Wie aber kannst du so etwas machen?« fragte der Gast zutiefst erstaunt.

»Gott hat die Begabung in mich gelegt«, sagte der Meister ruhig, »und ich lernte von Kindheit an.«

»Warum aber? Wem nützt es?«

»Ich verstehe dich nicht. Zu Gottes Lob und zur Freude und zur Belehrung unserer Gemeinde. Jesus, Johannes, Judas – hier werden sie die Gesichter wiedererkennen. Manche werden sich ärgern. Sollen doch endlich die sich ärgern, die uns ständig Ärgernis brachten: krumme Geschäfte, gemeine Befehle, Abgaben, Drangsale aller Art, Verrat, Spitzelei. Sie werden nur zu gut verstehen, wer Judas ist, der Gott, unseren wahren Herrn, dauernd verrät.« –

Durch die kaum bemerkbare Tür in der Rückwand trat eine hagere Frau ein. Sie stellte ein paar dampfende Schüsseln auf den Tisch. Sie war die Frau des Meisters. Sie war sehr knochig. Beim Mahl starrte

Michael immerfort zwischen zwei Bissen auf die Altarschnitzerei.

»Ja, nicht wahr«, sagte die Frau, »das Beste, was er geschaffen hat. Gibt es solch einen Meister bei Euch?«

»Nein, nein«, sagte Michael, »bei uns gibt es keinen Meister, der so etwas schafft. Es gibt bei uns kein ähnliches Werk.« – »Was gibt es denn bei Euch?« – »Bei uns gibt es gar nichts von solcher Art. Weder etwas, was diesem geschnitzten Holz gleicht, noch etwas, was diesem Vorhang gleicht. Man benutzt, das sagte ich schon dem Meister, Verstand und Hände, um Fahrzeuge, Brücken, Stauwerke, alles, was nützlich ist, zu erzeugen. Dadurch hat man Mittel und Wege gefunden, um von unserem Stern zu Eurem zu gelangen.«

Das hagere Weib zuckte die Achseln. »Nun ja. Gewiß, Deiche und Dämme und Brücken und Pflüge und Eggen und solcherlei Dinge braucht man auch hier.

Doch hoch geehrt – nur seine Feinde ärgern sich – ist mein Mann Matthias, weil seine Kunstwerke die Schöpfung loben und die Menschen glücklich machen im Unglück. Ihr selbst, Ihr starrt ja auch immerfort darauf. – Sagt mal, wer hat Euch zu uns geschickt?«

»Wir sind nicht die ersten, darüber sprach ich mit dem Meister, die unser Stern zu Eurem schickte, nachdem wir erforscht hatten, daß es hier Lebewesen gibt.«

Matthias' Frau fing wieder an: »Ich dachte, Ihr wärt von einer Werkstatt geschickt. Denn wir, wir wissen hier gut, daß es woanders auch Werkstätten gibt und große Meister und große Kunstwerke.«

»Nennst du Kunst, was der Meister Matthias schafft? Nein, das gibt es nicht auf unserem Stern. Darum gibt es auch solche Werkstätten nicht. Wir brauchen unser Wissen und unsere Kraft zu anderen

Erfindungen. Zum Beispiel, um zu Euch zu fliegen.«

Das Mädchen dachte: Ich habe recht. Er ist vom Himmel zu uns geflogen, geflogen ist er.

Matthias dachte: Wie töricht ist meine Tochter. Wie kann denn ein Engel von einem so dürftigen Stern stammen, auf dem man von Kunst nichts weiß. – Er sagte: »Es ist wohl besser, du gehst, bevor die Schüler kommen. Ich muß sie auf deine Ankunft erst vorbereiten.«

Marie zog den Gast weg. Sein Blick blieb so lange wie möglich auf dem Schnitzwerk.

Der Himmel war verblaßt, die Sterne verschwanden. Er fühlte zum erstenmal zwar kein Heimweh, doch eine Fremdheit, als drohe ihm etwas Unbekanntes, nachdem er schon so viel Unbekanntes gesehen hatte. Er sandte eine Botschaft aus: »Verlaßt den Treffpunkt nie.«

Marie fragte: »Wirst du im Himmel berichten, was mein Vater kann?«

»Gewiß«, erwiderte Michael, »du aber sag mir, wie er so etwas vermag. Sag mir, warum er von seinem Werk nicht abläßt, wo er doch weiß, eine große Gefahr ist nahe?«

Marie rief: »Aufhören? Er? Jetzt? Da Gott selbst ihm befohlen hat, mit seinen Händen den Altar zu beenden!«

»Ich habe geahnt«, sagte Michael, »daß es furchtbar zugeht auf eurem Stern. Daß ihr noch immer gewöhnt seid an Mord und Blut. Ich wußte aber nicht, daß ihr trotzdem so etwas schafft wie dein Vater.«

»Hör, Michael, die Glocken läuten. Ich muß jetzt zurück. Wir leben in großer Bangnis. Ein Bittgottesdienst wird gleich beginnen, Gott möge die Gefahr von uns abwenden!«

Wie gut roch die Spreu, in der ihm Marie ein Lager bereitet hatte. Er hätte lange und tief geschlafen ohne die dringende Botschaft der Fluggefährten: »Rasch fort. Ein Trupp rückt vor. Bald brennt die Stadt.«

Als er sich aufgerafft hatte und bei dem Meister Matthias anlangte, war dort schon große Erregung. Schüler, Freunde, der Pfarrer. Der Glöckner behauptete, man könne vom Kirchturm aus die Staubwolke erkennen, die sich zusammenballte, wo die Ebene an die ferne Hügelkette stieß. Ein junger Bursche meinte: »Das können die Unsren sein, sie waren immer die Schnellsten.«

Der Glöckner sagte: »Ich muß zurück. Ich will es Euch wissen lassen, sobald ich die Leute erkenne und weiß, zu wem sie gehören.«

Der Meister Matthias schwieg, sein Gesicht war düster, und der Pfarrer sagte:

»Wir hoffen auf die Unsren. Wir sind gefaßt auf Bedrohung.«

Als Michael zurück in den Wald ging, legte ihm plötzlich jemand die Hand auf die Schulter, ein anderer griff seinen Arm: zwei Freunde aus seiner Landungsgruppe.

»Was zögerst du? Sofort mußt du mit uns zurück.«

»Nein«, sagte Michael, »ich kann nicht, ich will nicht. Hier gibt es den Meister Matthias, es gibt seine Tochter Marie. So kurz ich hier bin, mein Herz hängt an ihnen. Ich würde sie nie ohne Rat und Hilfe zurücklassen.«

»Wir verstehen dich nicht. Was heißt das, dein Herz hängt an ihnen? Was sind das für Leute, dieser Matthias? Marie? Was gehen dich ihre Feinde an?

Wir haben beteuert vor unserer Abfahrt: Wir schlagen niemand. Wir erschlagen niemand. Wir verbrennen nichts. Was auf diesem Stern geschieht, erkunden wir. Das ist deine Aufgabe: Erkundungen.«

Michael erwiderte still: »Laßt mich erkunden, was hier noch heute geschehen wird.«

»Gut! Noch ein paar Stunden.«

Michael hatte es vor seiner Abfahrt für unmöglich gehalten, jemals in den Zustand von Lebewesen zu fallen, die sich mit Waffen schützen.

Wie konnte er jetzt den Meister Matthias retten? Und nutzlos war diesem die Kraft, aus Holz Menschen zu schaffen. Die Kraft, die keiner auf Michaels Stern besaß.

Das Gerücht war von Mund zu Mund gelaufen, aus der Staubwolke war kein befreundetes Heer geworden, sondern das Heer der vereinigten Burgherren. Die Zugbrücke wurde heruntergelassen. Ein Teil der Bevölkerung drängte sich in die Kirche, als sei sie ein unversehrbarer Hort. Schon gingen die Häuser in Flammen auf.

Was nicht aus Stein war, verbrannte. Die Werkstatt des Meisters Matthias und was sie enthielt: sein letztes, gewaltiges Werk.

Soldaten zwangen ihn, seine Hände zuerst zusammenhaltend, dann fesselnd, dem Untergang von Werkstatt und Werk zuzusehen. Er starrte und starrte, so daß er nicht einmal merkte, daß Marie neben ihm kauerte. Sie war mit ihrer Katzengeschmeidigkeit durch den bewaffneten Kreis geschlupft, sie schmiegte sich an ihres Vaters Knie. Sie sah gar nicht auf den Brand, sondern zu seinem todesstarren Gesicht empor. Sie blieb am Vater hängen wie ein schmales Blatt am Ast. Michael und seine Begleiter brachten die beiden im Flug aus der Umzinglung und über die Stadtmauer weg zum Landeplatz.

Sie waren noch immer im Griff des Menschenleides, wenn auch schon entfernt, weit entfernt von all der Todeswut.

Erst jetzt kam Michael auf den Gedanken, Matthias' Fesseln zu lösen. Marie hockte auf dem Boden, an die Beine des Vaters geschmiegt, wie zuvor auf dem Marktplatz. Man versuchte von Zeit zu Zeit, jedem von beiden einen Schluck einzuflößen. Matthias gab nicht acht auf seine Umgebung. Er saß starr, aber lebend, mit geschlossenen Augen. Marie zitterte. Sie fror. Der Arzt der Mannschaft mühte sich Tag und Nacht.

Sie stiegen auf eine Luftinsel um. Marie fühlte weder Staunen noch Angst, sie schloß nur die Augen. Sie war der Erregung nicht gewachsen. Bald hörte sie auf zu zittern. Wie man auf Erden sagt, tat der Arzt der Besatzung alles, was ärztliche Kunst vermag. Trotzdem, Marie starb rasch. Da fragte man sich: Die kleine Leiche einbalsamieren, damit man daheim ein irdisches Wesen zeigen könne, oder sie augenblicklich dem Weltall übergeben?

Michael setzte sich durch, hartnäckig wie er war, Marie gehöre ihm, es widerstehe ihm, sie gierigen Augen preiszugeben. Sie sollte hinaus ins Weltall.

In Wirklichkeit war aber Marie nicht so vollständig tot, wie die Lebenden glaubten. Ihr Herz tat vor Überraschung noch einen gewaltigen Sprung. Auf einmal konnte sie fliegen, wie Engel fliegen, mit unbehinderter Leichtigkeit. Das Weltall war ein einziger Wirbel goldner Luft. In dieser Luft, die sie in vollen Zügen einatmen konnte, morgengoldne, tagweiße, abendrote Luft, steckten all ihre Wünsche. Nicht bloß ihre Wünsche, sondern bereits ihrer Wünsche Erfüllung steckte in diesem Flug, von dem sie auf Erden geträumt hatte. Sie wirbelte in den Himmel hinein, aus dem Michael zu ihr gekommen war. Sie hörte einen Chor, der mit dem Chor daheim nicht zu vergleichen war. Ihre eigne Stimme, zart, aber stark, klang ganz anders, als sie da unten jemals geklungen hatte. Niemals würde ihr Glück aufhören, Tod und Leben in einem.

Bei der Heimkehr wurden die Kundschafter mit Jubel empfangen über ihre geglückte Landung auf dem Erdstern und ihre Heimkehr.

Der Arzt verwehrte allen, sich in maßloser Neugier an den Meister Matthias zu drängen. Er hielt sie auch von Michael fern, der ihm erschöpft schien.

Der Meister Matthias atmete schwach, er lebte noch, und er blieb am Leben, aber reglos und stumm. Umsonst bemühte sich Michael, der sich immer dicht bei ihm aufhielt, ihn zum Sprechen zu bringen, zum Aufleben. Auch Michael war, zur Bestürzung seiner Freunde, nicht dazu zu bringen, über seine Erlebnisse auf dem Erdstern etwas zu berichten. Nur die beiden Begleiter beschrieben ihre Erlebnisse: Blut,

Feuer, Krieg; sie unterschieden sich kaum von den Berichten früherer Kundschafter. Nichts konnten sie von Matthias' Werk berichten, denn es hatte schon bei ihrer Ankunft gebrannt. Auch die Kirche war bis auf einige Steinmauern vor ihren Augen in Flammen aufgegangen. Die Flüchtlinge hatten sie für einen unverletzlichen Hort gehalten.

Der junge Lieblingsschüler, der mit Michael und vielen anderen die Erdfahrt vorbereitet hatte, kam oft zu seinem ehemaligen Lehrer, wenn dieser auch teilnahmslos und verschlossen blieb. Gelang es dem Schüler manchmal, Michael ein paar Worte zu entlocken, der Sinn blieb unklar.

Doch Michael, ihm gelang es, den Meister Matthias zum Sprechen zu bringen. Obwohl er die Menschensprache schon nicht mehr gewohnt war, verstand er schließlich, daß Matthias sich wünsche, vor seinem Tod noch einmal etwas zu schnitzen. Michael beschaffte ihm das Holz, das es hier gab.

Er verscheuchte alle, die sich herandrängten, um aus der Nähe zu lernen, wie sich ein irdisches Wesen verhalte.

Bald spürte Michael, was aus dem Holz entstand: Marie, sie selbst. Er ahnte die schmalen Glieder, den so und nicht anders geneigten Kopf, das Mädchengesicht, flehend und zugleich dankbar. Der Meister Matthias war aus seiner Stumpfheit erwacht. Zwar waren ihm Holz und Werkzeuge ungewohnt. Sein Bedürfnis, zu formen, was er sich vorstellte, war aber so stark, daß bald sein Haar mit Holzstaub bedeckt war wie in der irdischen Werkstatt.

Für die anderen war sein Tun ein mühsames, unverständliches Herumschaben am Holz. – Vielleicht fühlte nur Michaels Lieblingsschüler, daß das Erdenwesen sich auf diese Art ausdrücken mußte, gerade auf diese Art, bis zum letzten Atemzug.

Matthias und Michael sahen sich manchmal an mit dem gleichen schweren Blick, und sie nickten sich zu.

Der Meister Matthias bat: »Begrabt mich mit meinem Kind.« –

Das Bildnis war noch längst nicht beendet, als er während der Arbeit zusammenbrach. –

Er hatte durchaus nicht gewollt, daß man ihn nach seinem Tod verbrenne. Er wollte vereint bleiben mit der vertrauten, aber für Fremde noch nicht erkennbaren Mädchengestalt.

Als Michael schon längst tot war, auch sein Lieblingsschüler, öffnete man eines Tages Matthias' Grab. Man studierte das Gerippe und wunderte sich, daß es beinah so war wie eins auf dem eignen Stern. Unversehrt war der Holzblock, da und dort eingekerbt. Man rätselte, was daraus hätte werden sollen.

Ein junger, äußerst gewandter Flieger – er war schon als neuer Kundschafter für die nächste Fahrt bestimmt – grübelte über den Holzblock. Er betastete ihn. Er drang hinein mit seinen Gedanken. Ob er sich irrte, wie seine Freunde behaupteten, oder eine Mädchengestalt im Entstehen war, konnte er nicht beweisen.

Er wollte dieselbe Fahrt machen wie ehemals Michael. Er wollte erforschen, was man ihm auftrug, und zugleich für sich erfahren, ob es auf jenem Erdstern ähnliche Holzblöcke gab, im Entstehen begriffene Gestalten, wie er fest glaubte, und wozu sie dienten. Er sagte sich, der Schnitzer sei durch den Tod in der Arbeit gestört worden. Er hätte Vernunft besessen. Eine andersgeartete Vernunft, aber erregende Gedanken hätten auch in seinem Schädel gehaust.

Jahrelang waren alle, mit ihnen der junge Kundschafter, an den Vorbereitungen zur neuen Fahrt beteiligt. Sie wurde genau berechnet, verbessert, gesichert.

II

Schon vor ihrer Landung stellten sie fest, daß die alten Nachrichten richtig gewesen waren, ja immer noch galten. Die damals zur Forschung bestimmte Stadt war bis auf die Grundmauern verbrannt. Ameisenhaft trieben sich in den Trümmern Lebewesen herum, vielleicht mit dem Neuaufbau beschäftigt. Die Kundschafter flogen über schwelendes Ackerland, über einige brennende oder halbgelöschte Städte und Dörfer, in denen es wieder von Erdgeschöpfen wimmelte wie in zerstörten Ameisenhaufen.

Es gab bereits ein paar neue, breite, ausgestampfte Straßen, über die sonderbar einheitlich gekleidete Erdbewohner, stark bewaffnet, nach verschiedenen Richtungen zogen. Sie entrissen dem Ackerland, was noch genießbar war. Beritten oder zu Fuß, ein Teil rückte ziemlich schnell vor, gegen eine große, vieltürmige Stadt. Der junge Kundschafter wählte sich diese Stadt zur Landung. Bewaffnete standen spähend auf den Mauern, beherzte Erdbewohner, dachte er. Sie ahnen wohl nicht, wie nah und wie groß die Heere sind, die sich gegen sie wälzen. Warum sie sich wälzten, verstand er nicht. Auch nicht, warum sich die Stadt verteidigte. Ihre Waffen würden nie ausreichen. Das hatte man schon von oben erkannt.

Der junge Kundschafter gab Nachricht, wie es ausgemacht war. Er sei gesund, er sei wohlgemut. – Er schweifte zuerst ziellos in den krummen und winkligen Straßen herum, wie es daheim bei ihm keine gab. Er hatte rasch ein Obdach gefunden. Auf einem Schild stand »Zu den drei Schwänen«. Das mußte wohl eine Herberge sein. Viele Stadtbewohner kamen ihm unruhig, obdachlos vor, auf der Suche nach einer Bleibe.

Er teilte seinen Freunden mit, wo er untergekommen war, auch daß es ihm gut gehe. Denn er fühlte sich äußerst wohl. So kraftvoll, so unternehmend, auf Sonderbares gespannt.

Die Wirtin von den »Drei Schwänen«, in der Annahme, dieser Gast käme von weit her und müsse sogleich etwas verzehren, schickte ihm ihre Magd mit einem Gebräu und allerlei Speisen. Er sah sich das Mädchen an, oder war es eine Frau? – wie sie ihm Gläser und Schüsseln zurechtschob. Sie gefiel ihm mit ihrem schwarzen Haar und ihren hellen Augen. Obwohl auf ihrem Gesicht ein Zug von Mißtrauen lag, der es fast verfinsterte, lachte sie manchmal auf bei seinem Gerede, das in ihren Ohren lustig klang. Sie zuckte auch nicht zurück, als er ihre Hand nahm und sich umständlich bedankte. Sie hatte kaum die Tür hinter sich geschlossen, als in der Stadtluft ein großes Läuten losging, wie er noch nie eins vernommen hatte. Es war kein Signal, es war keine Warnung, und doch steckte beides darin. Vor allem war es ein mächtiger, herzerschütternder Ruf, an alle gerichtet und jeden einzeln.

Ihm fielen die dürftigen Aufzeichnungen des ersten Kundschafters ein, Michael war er auf Erden genannt worden. Der hatte denselben drohenden und zugleich hoffnungspendenden Doppelton auch schon vernommen, aus einem einzelnen Turm. Hier in der Stadt kam es aus vielen Türmen. Die Leute liefen dem Läuten nach, von der Arbeit weg und wahrscheinlich auch von Leiden und Freuden.

Er stieg die enge, ein paarmal gewundene Treppe hinunter. Plötzlich, er war schon auf der Straße, tauchte die Magd auf. Sie faßte seinen Ärmel. Sie lief im gleichen Schritt wie er. Was sie erklärte, verstand er nicht. Nur daß sie ihn herzlich bat, sie mitzunehmen. Ihr Gesicht war scheu, obwohl sie ihm manchmal listig vorkam, sogar frech. Er folgte mehr dem frech-scheuen Mädchen, als daß es ihm folgte.

Sie hielten vor einem mächtigen Tor. Das Volk strömte noch immer hinein. Das nahe Läuten machte auch ihn erbeben. Er verstand nicht, wer es erzeugte, es drang aus dem Turm, der aus dem Gebäude wuchs. Das Mädchen murmelte irgendwas. Es zog sein Tuch übers Gesicht. Es sorgte dafür, daß sie in der Menge untertauchten. Das war ihm nur lieb. Es gab in dem weiten Raum keine Zimmer, nur hohe Pfeiler, den Raum teilend. Sein Blick blieb hängen an einer Gestalt, die an einem Pfeiler lehnte, faltig gekleidet. Sie hatte ein kleines Kind im Arm. Sie sah es lächelnd an, das Kind aber sah ihn an, der ihm unbekannt war. Eine Erinnerung blitzte durch seinen Kopf. Er hatte zwar nie im Leben so etwas gesehen, er hatte aber etwas gesehen, was ähnlich hätte sein können oder ähnlich geworden wäre.

Seine Begleiterin schlich weg. Sie machte mit Hand und Knie eine Bewegung, die er nicht begriff. Dann schlich sie zu ihm zurück. In diesem Augenblick begann in dem Innern des Raumes ein Tönen in vielen Abstufungen, bald schwer, bald weich. Ihm bebte es wieder den Rükken hinunter. Noch mehr erregte es als das Läuten am frühen Morgen. Es kam wohl aus Menschenstimmen. Er erblickte auf einer Treppe mehrere Reihen von Knaben in Schwarz und Weiß, und diese Knaben stimmten das Tönen an, aus ihren runden

Mündern, bald laut, bald leise, bald alle auf einmal, bald gruppenweise. Er dachte: Was diese Erdenkinder alles vermögen! Er dachte plötzlich ganz scharf, wie er zu denken gewohnt war: Was man uns gelehrt hat über den Erdstern, war falsch. Ja, aus der Luft sah ich, ihr Ackerland ist verwüstet, die meisten Städte sind halb verbrannt, ein neuer Krieg zieht auf, er wird auch diese Stadt bald erreichen, dann muß sie untergehen in Blut und Feuer, das alles, ja, haben die alten Kundschafter wahrheitsgemäß berichtet. Doch vieles haben sie nicht berichtet. Daß man auf diesem Stern Herrlichkeiten erfunden hat, die es bei uns gar nicht gibt. Beides ist da, das Furchtbare und das Herrliche; wieso beides zugleich da ist, weiß ich noch nicht.

Das Mädchen zupfte ihn, damit sie unbemerkt weggehen könnten. Er verstand nicht, warum ihr Gehabe bald stolz, bald erschrocken war, warum sie ihr schönes Gesicht bedeckte. –

Am Abend brachte sie ihm Speisen aufs Zimmer. Sie blieb, solange er Lust hatte. Ihre Liebe gefiel ihm. Sie sagte: »Wie heißt du?« –

Er antwortete aufs Geratewohl: »Melchior.« Er hatte die Wirtin diesen Namen irgendwem durchs Treppenhaus zurufen hören. »Und du?« –

»Katrin.«

Er trieb sich am nächsten Tag allein in der Stadt herum. Plötzlich standen ihm zwei seiner Fluggefährten gegenüber. Sie rieten ihm, mit ihnen sogleich zurückzukehren. Ein starkes Heer rücke näher und näher, die Bevölkerung ahne nichts. Melchior erwiderte, er wolle durchaus noch bleiben. Er würde im Nu zu ihnen stoßen, wenn wirklich ein Angriff beginne. Seine Gefährten hießen ihn wagehalsig, eigensinnig. Sie versprachen, ihn gleich wieder abzusetzen, wo er es wünsche. In einer noch unbedrohten Stadt könne er ebenso wichtige Kundschaften sammeln.

Er führte sie durch die Straßen. Er führte sie in die Kirche. Er zeigte ihnen die Frau aus lebendigem Stein. Er fragte: »Gibt es so was bei uns?« – »Nein. Wozu? Ohnedies wird hier bald alles zerstört sein.«

Er blieb bei seinem Entschluß, zumindest noch die kommende Nacht in dieser Stadt zu verbringen.

Bunte Laternen lockten, Gesang und Geschrei. Katrin führte ihn auf den Marktplatz. Allerlei Buden boten Tag und Nacht Töpfe und Spitzen feil, Löffel, Tücher und was man hier sonst braucht. Es gab auch Buden, in denen geweissagt wurde. In anderen wurde getanzt und gesungen und Kunststücke aller Art gemacht. Es war ein Ort zum Tummeln und Freuen. – Bald drängten sich Menschen um Melchior, denn er warf durch ein Glas, das er plötzlich aus der Tasche zog, ein buntes Bild auf die nächste Mauer. Und er besaß einen kleinen Kasten, wenn er mit seinem Finger auf einen Knopf drückte, zog er sogleich das Bild des Menschen hervor, der durch ein Loch in den Kasten geguckt hatte. Er zeigte schnell viele andere seltsame Kunststücke. Die Zuschauer waren zuerst verblüfft, dann wurden sie stark beunruhigt. Katrin flüsterte: »Du bist ein richtiger Hexenmeister.«

Jemand sagte: »Das Weib, das sich an ihn klammert, ist das nicht Katrin?«

Ein anderer sagte: »Ja, Katrin, die Hexe, die durchgebrannt ist.«

Da sagte Katrin: »Weg von hier. Aber schleunigst.«

Eh man sich's versah, hatte Melchior sie um die Hüften gepackt – ein Schwung, und sie waren hoch über der Stadt. Katrin schrie vor Freude.

Sie sahen aus der Luft, daß ein gewaltiges Heer anrückte. Sie hörten die warnenden Hornrufe, sie waren in Sicherheit. Auch, als nach nutzloser Verhandlung Kugeln und Brandfackeln gegen die Stadtmauer flogen. Aus Neugierde umkreisten sie noch einmal die Stadt. Bereits fraßen Flammen die Holzhäuser auf. Katrin, erschrocken und erleichtert, hielt sich an Melchior fest. Sie sagte immer wieder: »Gott, was du für ein Zauberer bist!«

Melchior fragte: »Was hat das auf sich, wenn sie sagten, du seist eine Hexe?«

»Ach, keine gute Hexe«, sagte Katrin, »eine Nachbarin riet mir mal, ich hätte vielleicht das Zeug dazu, ich müsse mich rittlings auf meinen Besen setzen, den Spruch sagen, den sie mich lehrte, dann flöge ich einfach ab. Ich wäre damals so gern meinen bösen Mann losgeworden, der mich immer verhauen hat. Ich habe alles versucht, mit dem Besen und mit dem Spruch, mir ist's nicht geglückt, man hat mich dabei ertappt. Doch wie sie mich vor den Richter führten, gelang mir die Flucht. Ich kam in die nächste Stadt. Ich kam in dem Wirtshaus unter.

Du aber kannst echt zaubern. Du kannst fliegen. Bist du auch von da oben?«

»Ja«, sagte Melchior. Er schüttelte sich vor Lachen. »Jetzt müssen wir landen.«

Sie stiegen zusammen ab in der Ebene. Wo sich drei Heerstraßen kreuzten, gab es ein großes Feldlager, hundertmal voller und größer, als der Marktplatz gewesen war. In dem Gewühl von Soldaten aus aller Herren Ländern, grölende, Karten spielende, raufende, feilschende, tanzende, springende, zu den Liedern in kehligen und in weichen Sprachen wetteifernde, mit vieler Art Waffen, fiel Melchior nicht auf. Nichts hätte hier auffallen können. Sein Fluganzug war nur eine von vielen erstaunlichen Uniformen. Mancher trug einen Harnisch, mancher Samt. Der eine trug einen gefiederten Hut, der andere einen blanken Helm. Wer hätte sich darum kümmern sollen, ob Katrin hexisch war, woher Melchior stammte? In diesem Getümmel war alles eins. Nur manchmal ertönte ein scharfes Kommando oder ein Pfiff. Dann trat ein Hauf zusammen, der die gleiche Uniform trug. Langsam entstand eine gewisse Ordnung. Man hörte auf zu singen, zu saufen, zusammenzuhocken. Das Lager war in Auflösung begriffen. Offiziere mit silbernen und goldenen Ketten stießen scharfe Befehle aus.

Auf einmal packte jemand Melchior am Arm. Wieder ein Fluggefährte. Er sagte: »Komm so rasch wie möglich. Nimm das Weib mit, wenn du durchaus willst.«

Katrin hatte nichts verstanden, und als Melchior ihr klarmachte, was dieser Freund verlangte, sagte sie keinesfalls nein, sondern freute sich. Das würde vielleicht die verfluchte Fahrt werden, nach der sie vor Neugier glühte. Sie glaubte den Pfaffen kein Wort, die behauptet hatten, ihr Los sei Grauen und Zähneklappern. Jede Fahrt mit Melchior zusammen würde zauberisch sein.

Doch Melchior erwiderte, jetzt sei an endgültige Abfahrt nicht zu denken. Er verstünde schon halb und halb das Tun und Lassen der Erdgeschöpfe. Als Kundschafter hätte er versprochen, sie ganz und gar zu verstehen.

Der Fluggefährte war zornig. Es endete damit, daß Melchior versprach, in kurzen Abständen Lebenszeichen zu senden. Und der andre versprach, ihm jedesmal sogleich zu antworten.

Melchior stieg zum zweitenmal mit Katrin in die Luft. Um diese Zeit war der große Lagerplatz beinah leer. Die scheinbar verwilderten Soldaten zogen ab in Reih und Glied, zu Fuß oder zu Pferd.

Wenn jemand zufällig in die Luft blikken würde, er hätte das winzige schwebende, sich schnell entfernende Pünktchen für einen Geier gehalten. Wer aber hätte in die Luft blicken sollen? Katrin war zufrieden bei ihrem Freund; sie war gutartig.

Sie flogen stundenlang über ödes Land. Die Felder waren schon völlig zerstampft, die Wälder abgeholzt. Reste von Dörfern verkohlten. Stadtmauern waren geschleift. Trümmerberge glimmten schon längst nicht mehr; falls es hier Menschen gegeben hatte, waren sie in den Häusern verbrannt oder geflohen. Melchior dachte: Auch wenn wir zu Fuß durch dieses Land gezogen wären, wir hätten nicht mehr zu sehen bekommen.

Er fragte Katrin nach der Ursache all der Verwüstung. Sie antwortete einmal:

»Weil sie hier evangelisch waren.« Ein anderes Mal: »Weil sie hier katholisch waren.« Melchior verstand weder das eine noch das andere.

Sie landeten endlich in einem grünen Hügelland. Hier gab es Wiesen und Wald. Es gab ein paar Gehöfte. Es gab eine Art Burg, wie Melchior sie kannte aus den alten Berichten. Die Burgleute waren geflüchtet. Der Bach, der Melchior lustig vorkam nach so viel totem Land, trieb ein Mühlrad. Doch die Müllersleute waren geflüchtet. Vielleicht waren sie eines Glaubens mit dem Burgherrn gewesen. Katrin meinte, hier sei der Landesherr gut evangelisch.

Melchior verstand davon nichts. Die Mühle instand zu setzen, darauf verstand er sich. Sie machten sich ein Heim.

Aus den Gehöften und aus dem nächsten Dorf kamen Bauersleute und brachten ihr Korn zum Mahlen. Als Lohn bekamen die neuen, die unerwarteten Müllersleute frisches Brot. Man brachte ihnen auch Gemüse und Eier. Auch mal ein Huhn. Katrin war bald beliebt. Als sie ein Kind erwartete, boten die Bauersfrauen ihr Beistand an. So lebten sie recht und schlecht. Melchior erfuhr, wie das Erdenleben ungefähr wirklich war.

Er machte jeden Sonntag mit Katrin den weiten Weg ins Dorf. Die Leute dachten, um in die Kirche zu gehen, seines Glaubens willen. Er horchte jedesmal mit Staunen auf all die Lieder. Und aufmerksam sah er sich an, was es hier noch gab an Gemaltem und an Geschnitztem. Warum dann gemalte Wände auf einmal weiß getüncht wurden, ging ihm nicht in den Kopf. Nur die junge Frau mit dem Kind, die es auch hier gab – aus Holz, nicht aus Stein –, blieb unversehrt. Aus Mitleid, dachte er, aber vielleicht wird sie auch noch zerschlagen. Diese Erdbewohner verderben ihr eignes Können; sie haben etwas zustande gebracht, was keiner auf meinem Stern jemals vermöchte. Doch sie verderben oft in ihrer Torheit all die selbstgeschaffene Herrlichkeit. Aber Katrin behauptete, in diesem weißen, reinen Kirchlein könne man besser beten.

Sie brachte ihr Kind zur Welt mit dem Beistand der Nachbarinnen. Es war schön und gesund. –

Eines Tages besuchte ihn sein Flugfreund. Melchior, wenn er auch regelmäßig Nachrichten sandte und empfing, war erstaunt, aber ganz zufrieden. Dieser Gefährte fiel niemand auf. Denn längst kamen allerlei Leute, teils weil sie Mehl brauchten, teils weil sich herumgesprochen hatte, der Müller hätte erstaunlich geschickte Hände. Er reparierte ihr Werkzeug, er verfertigte besseres. Die Mühle war geradezu ein Treffpunkt geworden, um sich auszusprechen. Melchior bedeutete seinem Gast, sich still zu verhalten.

Der sagte: »Deine Berichte gebe ich ab. Und wir sandten dir pünktlich Nachricht. Jetzt aber rate ich dir, bring sie selbst, deine Erkundungen.«

Melchior erwiderte vage: »Das nächste Mal.«

Am Abend hörten sie in der stillen Luft ein Waldhorn blasen. Es machte einen vor Glück seufzen. »Horch«, sagte Melchior, »ein Bauernbub bläst. Versteht sich darauf wie ein Künstler.« Denn Melchior hatte inzwischen gelernt, was dieses Wort bedeutete. Er fuhr fort: »Es ist unbegreiflich, daß sie hier so was ersinnen und dabei wissen, wie nahe der Krieg ist. Keiner bei uns würde es fertigbringen.«

»Nein, dazu haben wir weder Lust noch Zeit«, sagte der Gast. »Ganz andere Arbeiten liegen uns ob. Jetzt und immer. Hättest du sonst hier landen können? Hätte ich dich besuchen können? Für andere Dinge brauchen wir unsere Gedanken und unsere Kraft.«

Nachts suchte Melchior am Himmel den Stern, der sein Heimatstern war. Er war nicht mehr ganz frei von Heimweh.

Er war bald auch nicht mehr ganz frei von Langeweile. Das Waldhorn genügte ihm nicht mehr. Er sehnte sich nach wildem Menschengetümmel, nach der gewaltigen Musik, die er in der längst verbrannten Stadt gehört hatte.

Er wußte, daß es nach einem knappen Tagesflug noch eine vom Krieg verschonte große Stadt gab. Katrin rief: »Gut, daß du wieder Lust hast zum Fliegen!«

Die Mühle ließen sie in der Obhut geschickter junger Leute. Denen vertrauten sie auch ihr Kind an. Sie zogen los. Wie sie sagten, um Verwandte zu suchen.

Zuerst war es ein Glück, steigen und in der Luft schweben. Nach einer Fahrt von Stunden, unter sich nur verbrannte Erde, verkohlte Dörfer, Leere, nichts als Leere, dachte Melchior: In dieser Einöde ist der geschwindeste Flug nutzlos.

Endlich tauchten Türme am Horizont auf. Bald stiegen sie in Rauch hinunter, in das Gebrodel von Menschen. Die Stadt war die größte, die er bisher gesehen hatte. Flüchtlinge, haufenweise, hatten sich den Einwohnern zugesellt.

In einer Herberge fanden sie Unterkunft. Sogleich sandte Melchior die Meldung ab über den neuen Aufenthaltsort. Bevor, wie er wußte, die Nachricht bestätigt sein konnte, drängte ihn Katrin in den Dom. Dort begann eben jetzt ein besonderes Spiel auf dem silbrigen Instrument, das sie Orgel nannte. Und die Orgel war weithin berühmt. Evangelisch wurde in diesem Dom gepredigt.

Die Musik brauste. Melchior horchte gebannt. Nicht nur Chorknaben sangen, die ganze Gemeinde erhob sich und sang. Auch aus Katrins Mund, als sei das Hexlein verzaubert, kamen im Mitsingen unerwartete frohe und schmerzliche Töne. –

Als sie in die Herberge zurückgekehrt waren, wartete Melchior auf die Antwort. Er blieb ohne Nachricht. Er wandte sich dringend an seinen Freund, den Fluggefährten, der ihn zuletzt besucht hatte. Auch dessen Antwort blieb aus. Melchiors Sendung schien niemand erreicht zu haben. –

In der Herberge horchte er auf das Geschwätz der Leute. Ja, die Stadt war verschont geblieben, dank eines schlauen Landesherrn, der es mit allen und keinem hielt.

Melchior horchte scharf auf, als man von einem alten gelehrten Mann sprach, der in dieser Stadt mit einem außergewöhnlich scharfen Fernrohr im Auftrag des Landesherrn die Sterne erforschte.

Da Melchior auch an den folgenden Tagen trotz seiner häufigen Sendungen ohne Nachricht blieb, beschloß er, den alten Gelehrten zu besuchen.

Der alte Gelehrte hatte wache und junge Augen. Er war an sonderbare Besuche gewöhnt. Er erlaubte Melchior, durch sein Fernrohr zu sehen, doch war es nicht schärfer als Melchiors eignes Glas.

Nach einigem Zögern entschloß sich Melchior, den alten Mann zu fragen, ob er an einem bestimmten Teil des Himmels eine Veränderung wahrgenommen hätte. Der Alte war über die Frage fast erfreut. Er hatte diesmal keinen Müßiggänger vor sich, sondern einen Mann, der sich auskannte. Keinen Höfling, der von ihm die Zukunft nach dem Stand der Sterne erfahren wollte, sondern einen scharfen Beobachter.

Er antwortete: »Ja. Es gab vor kurzem ein unerwartetes Licht, als glänze ein über die Maßen heller Stern. Ich sah das Licht auch in der folgenden Nacht. Es ist verglommen; doch es mag verschiedene Veränderungen in seinem Umkreis bewirkt haben, die ich bis jetzt noch nicht feststellen konnte.«

Melchior dachte: Während ich hierherflog und während ich auf die Orgel horchte, mag so ein Lichtschein erglänzt haben. Vielleicht hatte dieses Geschehnis auch eine Wirkung auf meinen eignen Stern, so daß keine Meldung ankam und mich keine Antwort erreichte.

Er fragte schließlich: »Worin seht Ihr die Ursache?«

Der alte Gelehrte erwiderte: »Ich kann es Euch heute beim besten Willen nicht sagen. Mein Landesherr, der wird glauben, irgendein Zeichen Gottes sei gerade für ihn am Himmel erschienen. Ich aber sage

Euch offen: Noch weiß ich es nicht. Meine Vorgänger waren töricht und abergläubisch, doch sie haben den Lauf der Planeten sorgfältig aufgezeichnet. Von solch jähem Lichtschein haben sie nichts erwähnt.

Wir kennen bloß einen Teil der Natur. Grund und Wirkung dieser Erscheinung werden sich später herausstellen.«

Nach langem Schweigen sagte Melchior: »Vielleicht gibt es dort auf einem Stern lebende Wesen, die mehr wissen als wir.«

Der Alte lachte. »Vielleicht. Vielleicht. Du bist evangelisch, nicht? Die Natur schuf nur hier auf Erden zum Leben Bedingungen. Glaubst du etwa an einen zweiten Sündenfall? An einen zweiten Erlöser?«

Melchior erwiderte: »Erst jetzt kann man sagen, ›nur hier‹. Soviel wir wissen –«

»Soviel wir wissen«, wiederholte der Alte ruhig.

Als er allein war, machte sich Melchior klar, daß er ohne eine Art von Verbindung, ohne jegliche Möglichkeit einer Antwort, ohne Anleitungen auf dem Erdstern zurückgeblieben war. Jetzt war er heimatlos.

Katrin erschrak über sein Gesicht, und er gestand: »Mir schmerzt das Herz, als sei es gesprungen.«

Sie flogen zurück über das verwüstete Land. Er dachte: Warum, warum haben die Erdwesen hier alles selbst zerstört? –

Die grüne Hügelkette mit Wald und Wiesen, mit dem Bach, der das Mühlrad trieb, das war der Friede nach stundenlangem Flug über verwüstetes Land.

Melchior dachte: Schon möglich. Das Land wird wieder grünen. Wird es dann wieder verbrannt und wieder grünen? Und bei uns daheim? Aber es gibt für mich kein Daheim mehr. Die Verbindung ist abgerissen. Ob das für immer wahr ist? –

Der junge Müller nahm freudig Melchiors Angebot an, die Arbeit weiterhin zu übernehmen. Melchior half ihm wenig, da seine Kräfte täglich geringer wurden. Um den Lebensunterhalt zu verdienen, brachte er den Bauern alle Art von Gerätschaften in Ordnung, und er erfand ihnen neue. Er baute auch einen Webstuhl auf für Katrin. Denn es stellte sich heraus, daß sie sich vorzüglich aufs Weben verstand. Auf Melchiors Rat webte sie in die Stoffe vielfarbige Muster, sogar Menschen und Tiere. Bald waren ihre Stoffe in der Umgebung bekannt und beliebt.

Melchior wurde zusehends schwächer. Wie oft er es auch versuchte, die Seinen auf dem Heimatstern zu erreichen, nie kam etwas zu ihm zurück. Der Stern war zwar sichtbar, doch er gab weder eine Sendung ab noch Antwort auf Melchiors Sendungen.

Sie lebten mit ihrem Kind neben der Mühle in einer Stube in großer Stille. Das Mühlrad und das Gezwitscher des Kindes hörten sie von morgens bis abends. Manchmal sah Katrin ihren Mann, der so hager, so bleich war, von der Seite an, sie sagte leise: »Warum zauberst du nie mehr? Zumindest die kleinen Zaubereien, die du einmal auf dem Jahrmarkt gezeigt hast? Die bunten Bilder, die tanzten und Faxen machten?«

Melchior erwiderte: »Hab keine Lust mehr zum Zaubern.« – »Ach, wenn ich noch einmal fliegen könnte«, klagte Katrin, »hast du den Spruch vergessen, den du zum Fliegen brauchst?« – »Vergessen.« –

Melchior dachte: Mein Fluggefährte, der hat vielleicht aus der Nähe erlebt, was mit unserem Stern geschah. Vielleicht war er gerade dort, um meine Berichte abzuliefern. Dann ist etwas geschehen, das unsere Verbindung zerstörte. Sonst hätte er mir schon längst ein Zeichen gesandt, mich selbst wieder besucht.

Er versuchte wieder und wieder, eine Botschaft zu senden, auf Nachricht zu horchen, durch das kleine Gerät, das er stets mit sich trug zwischen Hemd und Haut. Katrin hatte danach geschielt. Es wäre ihr muschelartig erschienen, wenn sie je eine Muschel gesehen hätte. Mit einem Spalt, aus dem es sauste. Sie hatte manchmal geglaubt, es sei eine Art Pfeife, in die er blies, aus der ihm mit Pfeifen geantwortet wurde.

Jetzt umklammerte er das Gerät. Er sprach manchmal etwas hinein, er lauerte immer umsonst auf Antwort.

Seine Fröhlichkeit, seine Einfälle waren längst von ihm abgeblättert. Obwohl Katrin ihn zärtlich pflegte und auch die Müllersleute und manche Nachbarn ihm beistehen wollten, zermürbte ihn die Vereinsamung. Ganz langsam starb er, als ihm klar wurde, daß seine Meldungen von niemand gehört wurden und er nie eine Antwort erhalten würde.

Katrin ernährte sich mit allerlei Arbeit. Ihre Schönheit schmolz weg. Alle Freier waren ihr töricht vorgekommen, mit ihrem Hexenmeister verglichen.

Die Tochter, die gedieh. Jeder lächelte, der sie erblickte. Auch stumpfe und mürrische Bauern freuten sich, wenn sie sang und hüpfte. Sie war zart, aber kräftig. Schwere Körbe trug sie wie Federn. Und Weben und Flechten verstand sie bald besser als ihre Mutter. Wenn sie in der Kirche mitsang, war ihre Stimme herauszuhören wie ein Quell.

Sie war noch jung, als sie einen Mann bekam, einen kräftigen Bauernsohn. Der sang gern mit ihr bei der Arbeit. Er pflügte viel frisches Land um. Sie gebar mehrere Kinder. Drei Söhne halfen später dem Vater, zwei Töchter heirateten. Der jüngste Sohn war ein unruhig Blut. Er hatte erzählen hören, weit weg in der Ebene sähe das Land anders aus. Die Menschen wohnten dort dicht zusammen, Haus an Haus. Es zog ihn gewaltig hin. Er blieb verschollen. Doch einer der Brüder beschloß, ihn zu suchen. Er brach ebenfalls auf.

Katrin flickte die Kittel der Enkelkinder, oder sie saß nachdenklich müßig da. Oder sie tastete die paar Sachen ab, die sie aufbewahrte aus alten Zeiten. Die Schnur, die Melchior oft als Gürtel getragen hatte, ein paar Zettel, die dünkten ihr mit Zauberzeichen bedeckt, jenes Gerät, das er immer mit sich getragen hatte. Sie nannte es lächelnd »seine Pfeife«.

Nach dem Flug in die Stadt hatte er Tag und Nacht gehorcht mit gequältem Gesicht. Die Antwort war ausgeblieben. Es hatte sich auch kein fremder Gast mehr gemeldet. Melchior hatte antwortlos auf seinem Lager gewartet. Es war, als könne er es nicht fassen, daß sein Gerät stumm geworden war. An dieser Antwortlosigkeit, so kam es jetzt Katrin vor, war er schließlich zugrunde gegangen.

III

Sie war schon alt, hatte schon Urenkel, als ihre Tochter sie überraschte, in alten Dingen wühlend und mit ihnen Zwiesprache haltend. Sie sagte der Tochter, diese Kapsel, oder was es war, sei vielleicht heilig. Vielleicht ein Schmuckstück aus einer Kapelle oder vom Grab eines Heiligen. Sie möge es hüten und ihrem Sohn einschärfen, daß er es hüte. Wenn auch Reliquien längst nicht mehr Brauch seien, dieses Ding jedenfalls hätte der ganzen Familie Glück gebracht. Das sehe man an den gesunden Kindern und an dem schönen Gehöft. Die Tochter hörte verwundert zu. Sie glaubte der Mutter.

Inzwischen waren viele Gehöfte entstanden. Die Dörfer lagen nicht mehr so weit auseinander. Überall wurde lobend von Katrins Nachkommenschaft gesprochen. Es galt für ein wahres Glück, einen Burschen oder ein Mädchen aus dieser Familie zu heiraten. Sie verrichteten zuverlässig ihre Arbeit als Bauer oder als Weber, als Maurer oder als Maler, manche sogar als Lehrer.

Ausnahmen gab es, wie überall, auch in dieser Familie – im Lauf der Zeit war sie so weit verzweigt im Land, daß nicht jeder mehr genau Bescheid über den anderen wußte. Daher fiel es nicht auf, wenn einer plötzlich von unerklärlicher, uneindämmbarer Unruhe erfaßt wurde. Mancher hatte sein halbes Leben friedfertig und geduldig mit seiner Familie und seinem Handwerk verbracht. Dann war es, als falle ihm plötzlich ein, er hätte etwas vergessen, was er sofort suchen müsse. Er verließ die Seinen und sein Handwerk, er verschwand in der Fremde. Seine Frau weinte, denn Streit hatte es nie gegeben. Sie hatten immer gut zusammen gelebt. Sie suchte und suchte seine Spur, aber der Mann blieb verschollen. – Ein anderer hatte jahrelang guten Muts, ja lustig mit den Seinen und mit den Nachbarn gelebt. Man hatte ihn gern zu Hochzeiten eingeladen, weil er sich wie kein zweiter auf Saitenspiel, Tänze und Lieder verstand. Von einem Tag auf den anderen wurde er schweigsam, trübsinnig zuerst, dann verbissen und mürrisch; er starrte in eine Ecke. Es schien, er warte vergeblich auf irgend etwas.

Doch solche Vorfälle waren selten. Zudem war das Land wieder dicht besiedelt. Unter Melchiors Nachkommen wußte kaum einer etwas vom anderen.

Einmal schlich sich ein Junge in den Speicher, obwohl es die Eltern ausdrücklich verboten hatten. Hier stand die Truhe, die niemand öffnen durfte, denn sie war gefüllt mit sorgfältig angefertigten Gerätschaften, mit seltsamen Erbstücken. Doppelt verlockt, weil ihm dafür eine strenge Strafe drohte, wühlte der Junge in der Truhe herum. Er zog ein muschelartiges Ding hervor und hielt es ans Ohr. Er glaubte plötzlich, eine Reihenfolge von Tönen zu hören, hellen und tiefen. Er staunte und horchte, aber danach kam nichts mehr.

Wenn das Ding nicht längst zerbrochen ist, wird es sich vielleicht noch einmal hörbar machen, bei dem, an den es inzwischen geraten ist.

Die Sage »Die Toten auf der Insel Djal«, zum erstenmal erschienen in »Frankfurter Zeitung und Handelsblatt« (Frankfurt/M. Jg. 69, 1924. Sondernummer Weihnachten 1924), bisher im Werk der Anna Seghers nicht veröffentlicht, ist in der Zusammenstellung mit »Sagen von Unirdischen« ein Präsent des Verlages zum 85. Geburtstag der Autorin.

ISBN 3-351-00450-8

3. Auflage 1991

Einbandgestaltung Stephan Köhler
Typographie Simone Uhlich
Gesamtherstellung Ebner Ulm
Printed in Germany